홍범도

유 준

화가 '유준'은 충청남도 천안에서 태어났다. 그는 20여 회의 개인전 및 부스전을 열었고, 300여 회의 국제·국내 아트 페어 및 단체전에 참여하여 침체기에 놓여 있는 水墨畵의 발전과 대중화에 누구보다 앞장 서 온 중견 수묵화가 이다. 특히 역사, 사회 문제에 관심이 많아 평소 존경하던 여운형, 노무현, 김대중, 홍범도의 一生을 水墨畵로 풀어 내어 이 엄혹한 시대를 살아가는 우리에게 위인들의 삶을 통해 오늘을 되돌아 보고 삶의 이정표를 제시하는 뜻 깊은 작업을 하는 작가이다.

저서로는 『수묵 화로 읽는 몽양 여운형 이야기』, 『수묵화로 읽는 노무현의 일생: 굽이쳐 흐르는 강물처럼』, 『수묵화로 읽는 김대중 100년: 길』, 『수묵화로 읽는 홍범도 일대기: 홍범도』가 있다.

홍범도

水墨畵로 읽는 홍범도 일대기

글·그림 유 준

홍범도

水墨畵로 읽는 홍범도 일대기

들어가며

"홍범도"

지난 겨울 시작한 작업이 올 겨울 첫눈과 함께 끝이 났습니다. 잠시 붓을 물리고 베란다에 나가 첫눈을 맞아 봅니다. 매년 사 년 동안 도돌이표 같이 쉴 없이 달려왔습니다. 많이 부족하고 아쉽지만 이쯤에서 붓을 놓습니다.

선물 같은 첫눈이 오늘따라 더욱 눈이 부십니다. 몇 년간 존경하는 네 분의 삶을 쫓으며 많이 배우고 공부했으며, 때로는 분노하고 가끔은 눈물 짓기도 했지만 그 시간 하나하나가 다시는 돌아올 수 없는 행복한 순간들이었습니다. 모든 순간과 인연에 감사하고 사랑합니다. 아직은 일천한 붓과 글이지만 제가 느끼고 배운 것이 이 책을 통해 오롯이 독자들께 전달되기를 소원합니다.

끝으로 이 책이 나오기까지 도움을 주신 달아실출판사와 홍범도기념사업회 한동건 사무총장님, 김택근 전 경향신문 논설위원님 그리고 혜화아트센터에 깊은 감사를 드립니다.

2024년 겨울의 길목에서…

松南 유 준

水墨畫로 읽는 홍범도 일대기　홍범도

I 장군의 귀환

밤이면 내 무덤에
날개가 돋습니다.
강건한 별빛이 눈에 박히고,
가장 진한 어둠은 발톱이 됩니다.

나 홍범도는
장산곶 매가 되어
고향으로 날아갑니다.

알타이산맥을 넘고,
호수와 초원을 지나면
백두산 천지가 보입니다.

죽어서도 그리운 조국의 산하입니다.

나 포수 홍범도 범을 잡던 총으로 왜적을 쏘았다.

백두산 두만강 압록강 간도 시베리아

비록 미천했지만 내 총은 고고했다.

나의 소원은 광복의 조국에 돌아가는 것이었다.

2021년 8월 15일, 그날이 왔다.

카자흐스탄 무덤에서 들려 나와 대한민국 국적기에 실렸다.

유해 봉환 의식은 장중하고 깍듯했다.

늠름한 해방조국 장병들이 경례를 했다.

나는 다시 대한독립군 총사령관으로 부활했다.

"홍범도 장군님을 모시게 되어 영광입니다.

지금부터 대한민국 공군이 안전하게 모시겠습니다. 필승!"

순간 헐벗고 굶주리며 대한민국을 위해 싸우다

스러져간 동지들의 얼굴이 떠올랐다.

동지들이여 미안하오, 나만 비단옷을 입었구려.

78년 동안 땅속에 있었지만 내 총구는 아직도 뜨겁다.

나는 의병이고 이 산하를 지키는 장군이기 때문이다.

Ⅱ 범 내려 온다

나는 포수다.

조선 제일의 명사수지만 늘 마주하는 일초가 영겁 같은 이 순간
단 한발의 총알이 나의 운명을 결정한다.
화승총은 사거리가 짧고 재장전에 시간이 필요해
나의 총알은 백발백중 이어야 하며 일격필살 이어야 한다.
나의 총구는 한 번도 빗나간 적이 없다.
그리고 이제 내 총구는 이 강산을 도적질하려는 왜놈들을 겨냥할 것이다.

여천 홍범도는 1868년 평안남도 평양부 서문(보통문)내 문열사 부근에서
빈농이었던 홍윤식의 아들로 태어납니다.
어머니는 범도를 낳고 출산 후유증으로
쇠약해진 몸을 추스르지 못해
출산 후 7일 만에 세상을 뜨고
어린 홍범도를 젖동냥해서 키우던 아버지마저
범도가 9살 되던 해에 세상을 떠납니다.
도도히 흐르는 대동강과
부벽루, 천하제일강산이라는 연광정이 있는
아름다운 평양이지만
어린 홍범도에게 고향은 가혹했습니다.

가난한 삼촌 집에 얹혀 살면서 허드렛일과 머슴살이를 하던 홍범도는
어느 날 평양 감영에서 병사를 모집한다는 공고문을 보았습니다.
원래 군대에 지원하려면 17살 이상 되어야 했지만
힘들고 고된 머슴살이에서 벗어나
새로운 세상에 도전하고 싶었던 홍범도는 나이를 두 살 속이고
지원해 합격을 합니다.
평양 감영 제1대 소속 나팔수로 근무하게 된 홍범도는
이곳에서 제식훈련과 사격술 등을 배우는데,
특히 타고난 집중력과 천부적 재능으로 백발백중 명사수로
장교들의 칭찬과 동료들의 부러움과 신임을 받습니다.

홍범도 35

군 생활 4년 동안 어느덧 성인이 된 홍범도가 보고
겪은 군대는 부패와 차별 구타 등으로 얼룩진
또 다른 세상이었을 뿐이었습니다.
불의를 보면 참지 못하던 홍범도는 어느 날
평소 갈등을 빚던 부패한 장교를 때려눕히고
그 길로 4년 동안 몸담았던 군대에서 도망쳐 나와
다시는 돌아 가지 못한 고향 평양을 떠납니다.
평양을 벗어난 홍범도는 황해도로 가
농사일, 광산, 종이공장 등을 전전하지만
번번이 품삯도 제대로 받지 못하는 등
머슴살이 할 때와 다를 바 없었습니다.

"이것은 내가 원하던 삶도 세상도 아니야!"

세상에 지쳐 있던 홍범도는 모든 걸 포기하고
강원도 깊은 골짜기 금강산으로 발길을 재촉합니다.

금강산 신계사라는 절로 들어간 홍범도는
신계사 주지스님에게 계를 받고
스님이 되었습니다.

1890년경부터 일 년 반쯤 지담 스님에게 글도 배우며
이순신, 서산대사, 사명대사 등
구국항쟁에 대한 우리 민족의 영웅들 무용담을 익히며
점차 마음의 평온을 찾아갑니다.
이때의 공부와 수양은 훗날 의병활동과 독립군 활동에
큰 밑거름이 되었습니다.

승려 생활을 하던 어느 날 홍범도는 우연히

인근 사찰에서 수행 중이던 여승을 만나 사랑에 빠집니다.

비록 둘 다 승려의 신분이었지만

난생처음 마음을 뺏긴 두 사람은

결국 결혼을 약속하고 사찰을 나왔습니다.

부인인 단양 이씨의 고향인 함경남도 북청으로 가서

농사지으며 여생을 보내기로 했습니다.

그러나 세상은 아직도 혼란스럽고 민심은 더욱 흉흉했습니다.

고향으로 내려가던 중 어느 산속에서

건달패들을 만나 한참을 두들겨 맞고 깨어보니

아내 단양 이씨의 모습은 보이지 않았습니다.

아내의 시체라도 찾으려 며칠을 산속을 헤맨 홍범도는

하늘을 원망하며 오열했습니다.

난생처음으로 사랑한 여인.

아! 더구나 아내는 이미 범도의 아기를 임신 중이었습니다.

Ⅲ 날으는 홍범도

"홍 대장 가는 길에는 해와 달이 밝은데
왜적 군대 가는 길에는 눈과 비가 내린다.
에헹야 에헹야 에 헹 에 헹 에헹야
왜적 군대가 막 스러진다."

–함경도 백성들이 홍범도를 칭송해 부르던 노래–

실의에 빠진 홍범도는
강원도 회양군의 먹패장골 이라는
더욱 외지고 깊은 산골로 들어가
농사를 짓고 사냥을 하며
세상과 단절합니다.

몇 년이 지난 어느 날 산중에서 만난 김수협이라는 사내에게
일본군이 백성들을 수탈하고 국모를 시해하는 등
나라가 위태롭다는 얘길 듣습니다.
평소 의협심과 불의를 보면 참지 못하던 홍범도는
가슴에 뜨거운 불길이 솟구쳤습니다.
일어나 의병의 길을 가기로 마음먹습니다.
그 즉시 김수협과 의기 투합해 조선 유림의 수장인
유인석 부대가 의병을 모집한다는 얘길 듣고
합류합니다.

유인석 부대에 합류해 세 번의 큰 전투를 치렀지만
장비와 인원이 크게 부족한 의병은 고전을 면치 못했습니다.
설상가상 의지하던 동지 김수협마저 전사하고
유인석 부대는 결국 와해되었습니다.
일본군의 추격과 눈을 피해 황해도 연풍에서
잠시 금광 노동자로 일하던 홍범도는
다시 아내의 고향인 함경도 북청으로
발길을 돌립니다.

의병활동이 잠시 침체한 동안 혹시나 하는 마음에
아내의 고향인 북청에서 동료들과
산포수 생활을 하며 지내던 홍범도에게
어느 날 엄청난 소식이 날라듭니다.
아! 죽은 줄 알았던 아내 단양 이 씨가 가까운 곳에 살고 있고
'홍양순' 이란 이름까지 미리 지어 놓은
자신의 애까지 키우고 있다는 소식이었습니다.

건달패에게 끌려가던 아내가
임신중인걸 안 건달패가 풀어 주었지만
길이 엇갈려 홀로 고향으로 내려온 것이지요.
홍범도는 한걸음에 달려갔습니다.

여보! 양순아!

조실부모하고 늘 외롭게 자란 홍범도에겐

지금의 순간이 꿈만 같았습니다.

비록 풍족하지는 않은 삶이었지만

사랑하는 아내와 자식들이 곁에 있는 것만으로

매일매일이 행복했습니다.

짧지만 범도 일생에 가장 따스한 순간들이었습니다.

꿈같은 행복한 시간은 오래가지 않았습니다.

역사의 큰 파도가 홍범도를 향해 몰려오고 있었습니다

일본의 탄압과 만행은 점점 심해지고

의병들을 견제하기 위해 화약류, 총포를 금지하고

회수한다고 공표합니다.

"우리가 행동하지 않으면 저들은 결국

우리의 모든 것을 빼앗고 짓밟을 것입니다. 저항하고 일어나야 합니다."

홍범도는 다시 의병을 조직하고

첫 의거에서 일본 수비대를 괴멸하는 것을 시작으로

동에 번쩍 서에 번쩍 신출귀몰하며 전투마다 연전연승합니다.

급기야 일본군은 '날으는 홍범도' 라는 소문이 퍼지고 모두가

홍범도를 두려워합니다.

홍범도 67

홑겹의 무명 적삼과 혹독한 북녘의 추위를 견디기에는
턱없이 부족한 신발, 엉성한 무기였지만
대부분 산포수들로 이루어진 홍범도 의병부대는
백발백중의 사격술과 신출귀몰한 전술로
후치령 전투를 시작으로 싸우는 족족
60전 60승이라는 대 전과를 올립니다.
이제 일본군에게 홍범도는 죽음의 사신 같은 존재이며
백성과 의병들 세계에서는 전설이 되었습니다.
백성들은 노래를 지어 홍범도 장군을 칭송합니다.

"홍 대장 가는 길에는 해와 달이 밝은데
왜적 군대 가는 길에는 눈과 비가 내린다.
에헹야 에헹야 에 헹 에 헹 에헹야 왜적 군대가 막 스러진다."

IV 독립군의 길

잘못을 저지르지 않는 사람은 없다.
오직 잘못을 깨닫지 못하는 것만이
사람의 잘못이다.

3.1운동이 일어나고 국내외적으로 독립운동이 활발해지고
홍범도는 대한 독립군을 창군합니다.
홍범도의 대한 독립군은 첫 전투에서
두만 강가에 일본군 수비대를 섬멸하는 첫 전과를 올립니다.
3.1운동 이후 독립군의 첫 국내 진입 작전이며 첫 승전보였습니다.
이후 홍범도 부대는 24차례의 국내 진입 작전을 벌이며 연전연승하며
기세를 올리고 마침내 1920년 6월 봉오동에서 최진동 장군 등과
일본군을 대파하고 그해 10월에는 김좌진 장군 등과 청산리에서
일본군을 궤멸하는 대 전과를 세웁니다.

그리고 그 선봉에는 언제나 홍범도가 있었습니다.

독립군은 봉오동과 청산리에서 대승을 거두었지만
그 대가는 너무도 참혹했습니다.
악에 받친 일본은 5만 병의 일본 정예군을 동원해
독립군을 색출한다는 명목으로
간도 연해주 일대에 흩어져 살던 조선인 마을들을 급습해
살인, 방화, 약탈을 자해합니다.
차마 필설로 형용할 수 없는 만행을 저지릅니다.
그 희생자 수가 수만 명에 이른다는 것이 통설입니다.
이것이 경신참변 간도참변입니다.

아! 민초들이여!

비극은 간도참변으로 끝나지 않았습니다.

일본 토벌군의 집요한 추적도 피하고

당시 국제정세상 항일무장투쟁을 이어가려면

소비에트 러시아의 도움이 필요하다고 판단한 독립군 부대들은

러시아령 이만을 거쳐 자유시에 집결합니다.

하지만 자유시 치안 유지 명목 등으로

군을 무장해제 시키려는 소련군과

이를 거부하는 대한 의용군 사이에 무력충돌이 발생하고

설상가상 의견을 달리한 독립군들 사이에서도

총격이 발생해 수많은 독립군 희생자가 발생합니다.

이 사건으로 한국독립군은 크게 약화되고

뒤늦게 소식을 듣고 달려온 홍범도는 눈앞에

동지들의 시체를 부여안고 통곡을 합니다.

아! 동지들이여!

홍범도를 잡기 위해 혈안이 된 일본군은

아내 단양 이씨를 잡아다 남편에게

귀순을 하라는 편지를 쓰라고 종용하지만

끝내 거부한 단양 이씨는

결국 모진 고문을 이기지 못하고 옥사를 합니다.

홍범도의 두 아들 홍양순과 홍용환도

의병활동을 하다 전사하고 병사합니다.

연해주 블라디보스토크로 근거지를 옮긴 홍범도는

두만강을 넘나들며 일본군을 괴롭힙니다.

1910년 대한제국이 일본에 병합되자

백두산 인근 장백현에서

독립군 양성에 힘쓰던 홍범도는

다시 연해주로 망명합니다.

V 시르다리야강의 눈물

나라를 위해 죽는 것은 영광이다.
나라를 위해 사는 것은 의무이다.

– 홍범도 –

일본이라는 공동의 적을 가진 소련 적군은 홍범도에게는 우호적이었습니다.

붉은 군대에 '조선 여단'을 만들고 홍범도를 제1대대장으로 임명합니다.

한인 빨치산 대장이 된 홍범도는 러시아 혁명의 주역인 레닌과도 단독 면담을 해

레닌에게 홍범도 이름을 새긴 권총과 군모, 군용 외투 한 벌을 선물로 받기도 합니다.

집단농장 부둣가 등에서 막일을 하며 조국의 광복을 꿈꿔 오던 홍범도도

어느덧 칠순의 나이가 되었습니다.

그러다 1937년 9월부터 겨울까지 스탈린과 소련 정부는 일본과의 전쟁을 앞두고

한국과 일본인이 구별이 안돼 첩자 색출이 안된다는 말도 안 되는 이유를 들어

연해주 일대에 살던 고려인 18만 명을 연해주에서 6천여 키로 떨어진

중앙아시아 카자흐스탄과 우즈베키스탄에 강제 이주 시킵니다.

하루아침에 삶의 터전을 버리고 창문도 없는 시베리아 횡단열차 짐칸에

무자비하게 강제로 실려 태워진 고려인들.

그 차디찬 시베리아 횡단열차 한편에는

칠순의 대한 독립군 총사령관 '홍범도'도 실려 있었습니다.

강제이주의 참혹함은 말로 표현할 수 없는 지경 이었습니다.

강제이주 과정에 수만 명의 희생자가 발생했지만

은밀히 진행된 정책으로 소련 정부가 기록조차 제대로 남기지 않고

폐기해 정확한 희생자 수조차 파악이 어렵습니다.

고려인은 강하고 위대했습니다.

허허벌판 황무지에 버려진 고려인들은 소련의 탄압과 감시하에서도

연해주에서도 그랬듯이 토굴을 파고 갈대로 지붕을 만들고

그 혹독한 추위와 굶주림을 이겨내고 황무지를 옥토로 바꿔나갔습니다.

고려인 강제이주는 스탈린 공산주의 치하에 고통받던

우리 민족의 뼈아픈 수난사이자 위대한 고려인의 역사입니다.

강제이주되 막일을 전전하던 홍범도는
그의 처지를 딱하게 여긴 고려인 동포들의 배려로
카자흐스탄 '크질오르다' 시에 있는 고려극장에
수위로 근무하며 쓸쓸한 노년을 보냅니다.
이역만리에서 노쇠해진 몸이지만 홍범도는
고향 산하를 그리워하고
먼저 간 아내와 자식 그리고
조국의 광복을 마음에 품고
살았습니다.

고려극장에서 근무를 하던 어느 날이었습니다.

극장에 볼일을 보러 왔던 고려극장 연출자이자 연극배우인 태장춘이

홍범도를 알아보았습니다.

홍범도의 의병 생활과 독립군 활동을 알고 있는 태장 춘 은

끈질기게 찾아와 홍범도를 설득해서 결국

홍범도의 생애를 바탕으로 한 연극 '홍범도'가 만들어져 무대에 올라갑니다.

연극이 막이 내리고 무대에 올라 간 홍범도는

나를 너무 추켜 세웠다고 겸연쩍어 하며 말합니다.

" 나는 수많은 의병 독립운동가 중의 한 명일 뿐입니다.

　　그 동지들을 기억해 주십시오.

　　이름 없이 사라져 간 수많은 동지들께 이 연극을 바칩니다."

감사합니다.

대한독립만세!

연극 "홍 범 도"

고려극장, 태장춘 연출

홍범도는 연극이 만들어지고 몇 년 후

1943년 10월 25일 하오 8시 카자흐스탄 크질오르다 자택에서

75세를 일기로 그 파란만장했던 생을 마감합니다.

마지막 홍범도의 눈에 흘러내린 눈물은

이제 고향으로 돌아갈 수 있다는 기쁨과

광복의 조국을 보지 못한 회한의 마지막 눈물이었습니다.

남은 자들이 묘비를 세웠습니다.

'저명한 조선 빨치산 대장 홍범도'

기일이 오면 고려인들은 홍범도를 찾아갑니다.

80년이 지났지만 추모객은 줄지 않습니다.

명성은 퇴색하지 않고, 그의 기개는 오히려 시퍼렇게 살아나고 있습니다.

홍범도는 역사 속에서 불멸할 것입니다.

홍범도가 되어주신 당신들이 계셔서 제 가슴속이 이렇듯 일렁거립니다.

대장 홍범도는 죽지 않을 것입니다.

잊지 않겠습니다.

감사합니다.

― 2024년 겨울 화실에서 松南 유 준 ―

저명한 조선빨찌산대장 홍범도묘 一八六八년二월一일출생 一九四三년十월二五일사망

"당당한 독립군으로 신(身)을 탄연 포우(彈煙砲雨) 속에

투(投) 하야 반만년 역사를 광영케 하며

국토를 회복하야 자손만대에 행복을 여(與) 함이

아(我) 독립군의 목적이요 또한 민족을 위하는 본의(本義)라 ."

– 대한독립군 창건 때 발표한 「대한 독립군 윤고문(諭告文) 1919년 12월」 중 –

"범도가 온다."
甲辰冬 松南

이 땅에 태어나고 피어난 잡초 한 뿌리라도
탐하고 넘보는 자가 있다면
나 홍범도와 내 총구는 언제고
어둠에서 부활할 것이다.

범도가 올 것이다.

홍범도 장군 일대기

탄생과 청년기 1868~1895

〈격변의 시대, 어린 고아의 마음엔 투쟁정신이 싹텄다〉

여천(汝千) 홍범도(洪範圖)장군(본관은 남양(南陽) 홍씨. 남양은 지금의 수원과 화성 일대의 옛지명이다.)에게 항일무장 독립투쟁은 삶 그 자체였다. 근대화의 물결 속에 온 세계에 거대한 지각변동이 일어나고 있을 때, 평양 외성 서문안에 있는 문열사 앞에선 가난한 농부의 아들이 태어났다. 1868년 8월 27일. 아버지 이름이 홍윤식(洪允植)이라는 것 이외는 별반 알려진 바가 없는, 그것이 당연한 하층민 집안의 아이였다. 그해 한양에선 임진왜란 당시 전소된 경복궁이 270여년 만에 재건되어 정궁(正宮)으로 사용되기 시작했고, 일본에서는 메이지 유신이 단행되었다.

세상 빛을 본 지 일주일 만에 어머니는 돌아가셨다. 아버지는 젖동냥으로 핏덩이를 키워냈지만 아홉 살이 되던 해 아버지마저 세상을 떠났다. 의지할 곳 없던 그는 남의 집 머슴으로 살며 숙부의 도움을 간혹 받곤 했지만, 천대와 괄시, 학대와 무시는 일상이었다. 열다섯 살이 되던 해, 머슴보다야 군인이 나을 것이라 생각했다. 나이를 두 살 올려 평양 감영 소속 부대의 나팔수가 되었다. 가끔 총도 쏴보고 제식 훈련도 받았다. 그것이 의병이자 독립군으로 평생을 살아가는 출발점이었음을 그때 그는 몰랐을 것이다.

군인이 되었지만 부패한 군대는 차별과 폭행이 멈추지 않았다. 옳지 않음을 보아 넘길 수 없었던 그는 자신을 괴롭히던 장교를 죽인 뒤 그날로 군대를 빠져나왔다. 그때가 1887년, 갓 스무살이었다. 사방을 둘러보아도 의지할 곳 하나 없었던 그는 황해도 수안에 가면 종이를 만드는 공장이 있는데 먹고 살만 할 것이라 했던 군대 동료의 말이 떠올랐다. 오라는 곳은 없지만 살기 위해 발길을 옮겼다. 다행히 일자리를 얻을 수 있었다.

군에서 도주한 입장이라 사람들 눈에 띄지 않게 조용히 지내며 제지 기술을 익혔다. 공장 주인은 폭언과 폭력을 일삼았고 심지어 품삯마저 일곱 달이나 주지 않았다. 품삯을 받으려면 동학을 믿으라며 괴롭히기까지 했다. 결국 그는 주인 3형제를 때려눕히고 제지 공장을 떠났다. 본의 아니게 연거푸 사람을 해친 그는 복잡한 세상을 떠나 한적한 곳에서 잠시 생각을 정리하려했다. 그렇게 가다가 도착한 곳이 금강산 신계사(神溪寺)였다.

스물 두 살의 홍범도는 그곳에서 지담(止潭)스님의 상좌로 삭발승이 되었다. 말이 좋아 상좌이지 절에서 필요한 온갖 잡일을 해야 했지만 그에겐 이보다 좋은 안식처가 없었다. 지담스님의 법문과 설법으로 마음의 평정을 찾을 수 있었고, 임진왜란 당시 이

순신 장군을 비롯한 많은 사람들의 구국항쟁 이야기를 들으며 항일 의식을 키우기도 했다. 글을 제대로 배워본 적 없었지만 어깨 너머로 배운 한글은 신계사에서 지내는 동안 긴 편지를 쓸 수 있을 만큼 익숙해졌고, 한문도 조금씩 눈에 들어오기 시작했다.

그러던 어느 날 신계사 인근에 있는 비구니 절의 여승을 알게 되었다. 청춘의 심장은 빠르게 뛰었다. 단양 이씨로 알려진 그녀(홍범도 장군의 부인 이름이 이옥녀, 또는 이옥구라 하지만 공식적으로 확인된 것은 '단양 이씨' 일 뿐이다.)와 평생 함께 할 것을 약속한 그는 금강산을 떠났다. 그들이 향한 곳은 함경도 북청이었다. 그러나 운명은 쉬이 그들의 평온한 삶을 허락하지 않았다. 도중에 만난 건달패 무리들에 의해 두 사람은 헤어지고 말았다. 만삭의 몸이었던 그녀는 간신히 풀려나 천신만고 끝에 고향 북청에 갈 수 있었고, 그녀가 죽은 줄 알았던 홍범도는 상심한 마음을 안고 세상을 떠돌았다.

강원도 회양 먹패장골에 이른 그의 행색은 추레했지만, 날카로운 눈빛이나 떡 벌어진 어깨를 보면 산에서 내려온 포수같았다. 그런 그에게 누군가가 화승총을 사지 않겠냐고 다가왔고, 군대에서 총을 잡아본 적 있는 그는 포수로 살아도 좋겠다는 생각에 밑천을 다 털어 총을 샀다. 그리고 깊숙한 골짜기로 들어가 3년간 머무르며 농사를 짓고 총연습을 했다. 무쇠는 단련될수록 강해진다고 했듯이 그의 총솜씨는 하루가 다르게 변해갔다.

의병투쟁 1895~1908

〈산포수로 살며 항일 정신을 키우다〉

산포수 의병대장 홍범도 장군

첩첩산중에 살고 있는 그에게도 바람은 세상 소식을 전해주었다. 태어나길 잘했다는 생각이 한 번도 들지 않았을 만큼 뭐 하나 받은 것 없는 나라였지만, 국모인 명성황후가 일본 낭인들의 칼에 무참히 살해당했다는 소식은 그를 더 이상 산속에 머물게 하지 않았다. 나라를 위해 무슨 일이든 해야겠다는 생각으로 길을 떠난 그는 강원도 회양에서 장안사로 넘어가는 길목인 단발령에서 황해도 서흥 출신 포수 김수협을 만났다. 국가가 불운에 처해있는데 백성의 한 사람으로 어찌 먹고사는 일상에만 안주할 수 있겠나. 나라를 위해 무슨 일이라도 해야 하는 것이 아니냐며 이야기를 나누다 보니 두 사람은 서로의 뜻이 같음을 알았다. 의병

활동을 하기로 뜻을 모은 그들에게는 낡은 화승총 한 자루씩밖에 없었다.

이미 연발식 신식 무기인 무라타 소총으로 무장한 일본군을 상대하기에는 역부족이었겠지만 그럼에도 불구하고 1895년 철령(鐵嶺)에서 이들은 일본군 12명을 섬멸하고 최초의 승전보를 울렸다. 뜻을 같이 하는 포수와 농민을 모아 총 14명으로 의병 부대를 조직한 후, 의병대장인 유인석을 만나 그의 부대에 합류하였다.

애국심인지, 정의감인지 명확하진 않았지만 불의를 처단해야 한다는 생각만은 뚜렷했다. 정규군이 아니어도 신식 무기를 갖고 있는 일본군과의 전투는 쉽지 않았다. 세 차례의 전투에서 패하고, 동지였던 김수협도 전사했다. 유인석과도 훗날을 기약하며 헤어진 후 황해도 연풍으로 발길을 돌렸다. 그곳에서 금전판 노동자로 은신했지만 일본군이나 밀정의 추격이 끊이지 않았다. 이에 홍범도는 경계가 심하지 않는 변방으로 향할 수 밖에 없었다.

길을 떠난 그는 함경도를 선택했다. 가는 도중에 박말령에서 일본군 3명을 때려 눕히고 총 3자루 등을 빼앗았고, 황해도 지경산을 거쳐 도착한 함경도 덕원에서는 덕원읍 좌수 전성준을 공격하여 금품을 빼앗기도 했다. 그렇게 산과 들을 건너 도착한 곳이 북청이었다.

그곳에서 그는 죽은 줄 알았던 아내를 만났다. 꿈인 지 생시인 지 수없이 자신의 볼을 꼬집어보았다. 그녀의 치맛자락을 잡고 서 있는 어린 아이는 자신의 아들임을 한 눈에 알아볼 수 있었다. 그렇게 아내와 아들을 만난 것이 헤어진 지 5년만의 일이었다. 이어 둘째 아들 용환이 태어났다. 가족의 품에 안겼지만 그의 의병 활동은 멈추지 않았다. 1898년부터 평안도 양덕, 성천, 영원 등을 누비며 단독 의병활동을 이어갔다.

작은 힘이라도 모으면 나라의 운명이 암흑의 수렁에 빠지지 않을 것이라는 믿음이 그에게는 있었다.

하지만 제국의 야욕은 한국을 뒤흔들었고, 들불처럼 피어올랐던 의병운동은 날카로운 발톱을 드러낸 야수와 같은 일본에 의해 쇠퇴하기 시작했다. 일부 의병들은 남만주나 백두산으로 근거지를 옮겨 은둔생활에 들어갔고 홍범도도 사력을 다해 투쟁했지만 의병운동을 일단 접을 수 밖에 없었다. 농사를 짓고, 사냥을 하며 풍족하진 않지만 소박한 밥상에 함께 할 수 있는 식구가 있다는 것이 그를 더 없이 행복하게 했다.

그러는 사이 러일전쟁이 일어났다. 일본은 한국내 일본인들을 보호한다는 명분으로 군대를 앞세워 한국에 상륙했다. 혼란의 시절, 제국들로부터 백성을 지켜내야할 관리들은 포수들이 힘들게 사냥해온 호랑이 가죽이나 사향, 녹용 등을 막무가내로 빼앗어 사리사욕을 채웠고, 일본인들은 항일세력들을 축출해내는데 혈안이 되기 시작했다. 결국 1904년 중반 항일투쟁 전력이 있던 홍범도는 일본인들에 의해 투옥되었다가 6개월인 그해 말에 탈옥하여 항일 의병 봉기의 깃발을 다시 들었다. 이 시기 그의 의병 활동에 대한 기록은 상세히 남아있지 않지만, 가장 먼저 의병이 되었고 가장 나중까지 의병 활동을 했던 그의 삶을 생각해 보면 이 시기의 그의 활동 또한 뜨거웠을 것이다.

〈의병대장이 되어 후치령에서 첫 승리를 거두다〉

의협심 강한 포수를 의병대장으로 만든 계기는 1907년 일본이 공포한 '총포 및 화약류 단속법'이었다. 항일 투쟁의 열기가 달아오르자 조선에 있는 모든 무기에 대한 수거령을 내린 일본이 취한 이 조치는 총포가 생활의 수단이었던 포수들에게는 생존권을 위협하는 극단적인 조치였다. 이에 홍범도는 산포수계원들에게 총을 당국에 넘겨주지 말라 하였고, 포수들은 하나가 되어 그의 뜻을 따랐다.

우선 그는 1907년 10월 14일 북청 일진회 사무실을 습격한 후 서짝골 포수막에서 14명의 포수들과 함께 의병 봉기를 결의하였다. 이어 11월 2일 안산, 안평 지역 포수계를 중심으로 의병 부대를 조직하고 항일전에 나설 것을 천명하였다. 혈제(血祭)를 지낸 이들은 안산과 안평 지역 면장을 비롯하여 일진회 회원 다수와 부일배들을 처단해 나갔다.

북녘지방의 겨울은 추웠다. 군복이라 부를 수도 없는 홑겹의 무명 적삼과 산악지대를 누비기엔 턱없이 엉성한 신발. 무기는 화승총이 대부분이었기에 신식 연발총을 갖고 있던 일본군에게 열세일 수 밖에 없었다. 하지만 홍범도 의병대는 포수들로 구성되어 있지 않은가. 산중에서의 전투가 두렵지 않았다.

후치령(厚峙嶺) 말리에 집결한 홍범도 의병대는 11월 25일 일본 무기 수송대를 공격했다. 일본군 1,400여명과의 전투였지만 언 땅에 그들을 뒹굴게 하는 데는 그리 오랜 시간이 필요하지 않았다. 무적 황군을 외쳤던 일본군은 잠시 후퇴하였다 공격하길 반복하였고, 그 때마다 의병부대는 후치령을 넘는 일본군을 섬멸해나갔다. 정규전으로는 첫 승리였던 후치령 전투를 기점으로 홍범도 의병대는 험준한 산악 지대를 누비며 일본군에게 패배의 쓴 맛을 안겨주었다. 당시 일본 경무국장 보고서에 의하면 '폭도의 종적은 불명하고, 단 한 명도 체포하지 못하였다'고 했다. 후치령전투는 홍범도 개인에게도 의미있는 전투였다. 큰 아들 양순이 이 전투부터 의병으로 출전함으로써 아들과 함께 하는 투쟁이 무엇보다 든든했을 것이다.

본격적인 의병전투가 시작된 지 반년 남짓 되자 홍범도의 휘하에는 500여명이 넘는 의병들이 포진해 있었다. 그러나 '의병은 귀순하여 해산하라'는 순종의 칙령과 일본의 잔혹한 의병 색출, 연이은 전투에 따른 피곤과 배고픔은 의병 부대를 흔들기 시작했다. 그럼에도 불구하고 홍범도 의병대가 동에 번쩍 서에 번쩍하며 일본군을 공격해 오자 일본은 홍범도의 아내인 단양 이씨와 그의 아들 양순을 인질로 삼고 홍범도를 회유하기도 했다.

하지만 단양 이씨는 대장의 아내다웠다. 홍범도가 산에서 내려만 온다면 천황이 백작 벼슬을 내릴 것이라며 일본은 회유했지만 그녀는 흔들리지 않았다. 참아내기 힘든 고문이 이어져도 홍범도는 그런 사람이 아니라며 오히려 일본군들을 꾸짖었다. 결국 고문 후유증으로 그녀는 옥사했다. 이에 일본은 그의 아들 양순을 내세워 홍범도의 마음을 꺾으려했지만 회유 편지를 들고 온 아들에게 총을 겨눌 만큼 홍범도는 대범했다. 양순은 그런 홍범도가 아버지이자 의병 대장인 것이 자랑스러웠다. 이후 아버지와 함께 함경도 곳곳에서 벌어진 전투에 참가한 그는 1908년 6월 16일 정평 바맥이 전투에서 장렬히 전사하였다.

아내도 아들도 가슴에 묻은 그는 일본을 향해 더욱 맹렬히 공격해 나갔다. 1907년 후 치령 전투이후 열달 가까운 시간동안 일본군과 벌인 전투는 60여회에 이른다. 등지벌 전투, 통패장골 쇠점거리 전투, 갑산 간평전투, 구름을령 전투, 괴통병 어구 전투, 양화장 전투, 신성리 전투 등 홍범도의 치밀한 유격전으로 일본군은 치명적 타격을 입었다.

사람들 입에서는 홍범도 장군에 대한 이야기가 유행가처럼 흘러다녔다. '날으는 홍장군'이라 부르기도 했고, '죽지법을 쓰는 신출 귀몰의 명상'이라 부르기도 했다. 또 어떤 이는 '총알로 바늘귀를 뚫는 명사수'라고도 했고, 후대 사람들은 그를 '조선 최고의 스나이퍼'라 부르기도 했다.

주로 포수들로 구성되다 보니 산악 유격전에 유리했고, 기동력이 뛰어나 비호같은 공격과 재빠른 철수가 가능했던 홍범도 의병대는 의병장과 의병 모두가 양인으로 구성된 평민 부대였다. 내부 통합과 단결력이 뛰어났고, 지역민들의 지지와 지원을 받는데도 용이했다. 하지만 일본의 의병 대토벌작전이 시작되면서 국내 의병 투쟁은 한계에 봉착하게 되었다.

날은 추워지고, 식량도 탄환도 바닥을 보이기 시작하자 일부는 일본군에 투항하기도 하고, 일부는 스스로 의병을 떠나기도 했다. 심지어 군자금을 들고 탄약을 구입하러 떠난 대원들이 돌아오지 않는 경우도 여러 차례 있어 사기마저 떨어지기 시작했다. 뜻이 있으면 길이 열릴 것이라는 생각했다. 국내 의병운동의 한계를 국외에서 해결하고

자 했던 그는 40여명의 믿음직한 의병을 데리고 국경을 넘어 서간도 통화를 거쳐 중국 길림에 도착한 것이 1908년 11월 초순이었다. 이 길에 그의 작은 아들 용환이 동행하였다.

무장독립투쟁 1908~1919

〈연해주를 근거지로 독립전쟁을 준비하다〉

중국도 어렵긴 마찬가지였다. 길림에서 그는 용환과 2명의 의병만을 남긴 채 나머지 동지들을 조선으로 돌려보냈다. 의병 활동의 재정비를 위해 왔지만 흉작과 한파로 일상생활은 어려웠고, 일본이 보낸 밀정은 홍범도의 뒤를 끊임없이 따라다녔다.

1912년 하바롭스크에서 45세의 홍범도

그는 1909년 길림을 떠나 연해주 블라디보스토크로 갔다. 그곳에서 무기와 탄약을 구입하고, 국내외 의병부대들과 연합하여 대규모 의병 항전을 수행하기 위함이었다. 홍범도에게 무력항전은 유일한 무기였다. 하지만 블라디보스토크도 침체되어 있었다. 안중근이 이끄는 의병부대가 1908년 7~8월경에 국내 진입작전에 실패하면서 사기는 꺾였고, 러시아는 러일전쟁 패배이후 일본과의 관계 유지를 위해 한인들을 적대적으로 대하기 시작했다.

의병 활동 방법에 대한 생각이 달랐던 의병 부대들간의 이견 조율도 쉽지 않았다. 안팎으로 혼란의 연속이었다. 그러다 1909년 10월 26일 안중근이 이토히로부미를 처단하면서 의병 운동은 다시 활기를 찾게 되었다.

전열을 정비한 홍범도는 1910년 4월경 30여명의 의병들과 함께 국내 진입작전을 개시했다. 간도를 거쳐 함경도 무산에서 일본군 수비대를 공격했지만 일본군을 이기지 못했다. 이어 갑산, 종성등지에서 일본군과의 전투는 계속되었는데, 종성 전투시 의병 모두가 일본군에게 생포되는 과정에서 홍범도는 천신만고 끝에 일본군을 뿌리치고 길림을 거쳐 블라디보스토크로 돌아왔다.

국망의 기운이 짙어가던 1910년 6월 연해주에서는 최후의 항일 투쟁을 위해 연해주 항

일 의병 세력이 총집결하였다. 그리고 일본의 강제 병합을 저지하기 위한 국내외 의병 단일 지휘 체계인 '13도 의군'이 조직되었다. 항일 민족진영의 역량을 결집해 대규모 항일무장투쟁으로 국권을 회복하고자 했던 이 조직의 총재는 의병대장인 의암 유인석이고 홍범도는 참모부 의원에 선출되었다. 활동 기간은 그리 길지 못했다.

두 달 뒤, 조국은 국권을 빼앗겼다. 이 치욕스런 소식을 들은 홍범도의 머릿속에는 1895년 단발령에서 시작된 일본과의 투쟁 15년의 세월이 주마등처럼 지나갔다. 아내와 아들을 잃고 추위와 굶주림에 허덕이면서도 일본으로 부터 나라를 지키기 위해 모든 힘을 쏟아왔지만 이제 그는 나라를 잃은 백성일 뿐이었다.

블라디보스토크에 있던 한인들은 일본의 병탄 행위에 대한 반대 시위를 펼쳤다. 또 일본의 부당함을 전 세계에 알리고자 '병탄 무효 선언서'와 함께 한인 사회 지도자가 총 망라된 8,624명의 '서명록'도 작성하였다. 홍범도도 당연히 참가하였다. 한인들의 날선 시위와 일본인 거류지역에 대한 습격이 이어지자 일본은 러시아에게 한인사회를 통제해 달라 하였고 일본과의 마찰을 꺼린 러시아는 이범윤 등 한인 독립운동가 8명을 검거하여 이르쿠츠크로 추방하였다.

러시아의 체포령을 간신히 피한 홍범도는 인근 지역을 옮겨다니며 군자금을 모았고, 의병활동을 지원했다. 1911년 6월, 블라디보스토크 한인 애국지사들은 권업회를 조직하였다. 외형적으로는 한인들의 경제력을 향상시키기 위한 단체였지만 내용적으로는 독립을 위한 항일 운동단체였다. 조직당시 부회장이었던 그는 그해 12월 정식으로 창립된 권업회에서 사찰부장으로 선임되었다. 회장에는 최재형, 총무는 김립이 담당하였다.

권업회 활동을 하면서 그는 '청년회'를 조직하여 청년들의 항일 정신을 강화시켰고, 한인 노동자들로 조직된 '노동회'를 결성하여 회장으로 활동하며 회원들의 임금을 모아 후일의 거사를 준비하기도 했다. 또한 한민족 상고사 복원과 민족정신 보존을 위해 〈환단고기〉발행을 지원하였고, 이후 단학회 발기인으로 단학회보 창간에도 관여하였다.

1912년 1월, 그는 국권 회복을 목적으로 이범석, 유상돈 등과 함께 '21인의 형제 동맹'을 맺고, 조국의 독립과 정의를 위해 헌신할 것을 하늘에 맹세하였다. 자기희생 없이는 할 수 없는 일이 독립운동이었기에 때로는 피의 동맹을 맺었던 동지들의 배신도 감수해야 하는 고된 행군이었지만 그는 기꺼이 받아들였다. 이어 블라디보스토크 '노인회'를 구성하여 회원이 되었고, '국민회 블라디보스토크 지방회' 부회장 등으로 활동하며 독립 투쟁 전선을 강화해 나갔다. 11월에는 북간도 훈춘현에서 한인 100여

명을 대상으로 군사훈련을 실시하기도 하였다.

〈의병대장이 되어 후치령에서 첫 승리를 거두다〉

홍범도의 재기는 쉽지 않았다. 1914년 러시아가 일본의 요구를 받아들여 블라디보스토크에 있는 권업회를 비롯한 한인 독립운동 단체들을 해산시키자 홍범도는 1915년 9월 5일 새로운 의병전쟁을 준비하기 위해 북만주 밀산으로 근거지를 옮겼다. 척박한 땅이었지만 개간하여 농사를 지으니 살아갈 만 했다. 이 당시 홍범도가 가장 신경썼던 것 중 하나는 교육이었다. 민족의식을 고취시키고 무장 독립투쟁을 준비해나가기 위해 소학교를 설립한 그는 교감이자 교장으로, 또 때로는 후원회장이 되어 교육사업에 전념했다. 학교에 가기 싫어하는 아이들에겐 마음 좋은 할아버지처럼 함께 학교에 갔고, 비바람이 치는 날에는 학생들을 집에 데려다 주기도 하였다. '우리 동무회'라는 청년단체도 조직하여 청년 교육도 활성화시켰다. 의병투쟁이 아니라 독립전쟁으로 국면을 전환할 때가 왔다고 판단한 홍범도에게 밀산에서의 시간은 독립전쟁을 준비하는 시간이기도 했다.

그리고 1919년 3월 1일. 거국적인 독립운동인 '3.1만세운동'이 일어났다. 이 소식을 들은 러시아나 중국에서도 만세 시위가 이어졌다. 한인들은 쾌상별이에 집결하여 만세 운동을 이어갔다. 홍범도는 드디어 총을 들고 나설 때가 왔다고 생각했다. 당시 블라디보스토크에서는 이동휘를 중심으로 '조선인 군정부'가 조직되어 독립군 조직 작업을 수행하고 있었다. 이 군정부는 밀산에 있는 홍범도를 '대한독립군 총사령관'으로 임명하고 북간도에 가서 독립군을 지휘하라는 명령을 내렸다.

홍범도가 106명의 의병을 이끌고 밀산을 떠난 것은 10월 1일. 두 달뒤 그들은 북간도에 입성하였다. 그리고 그는 자신의 부대를 '대한독립군'이라 명명하였다. 대한 독립군의 규모는 약 300명이었고, 조직은 소대, 중대, 대대의 편대를 채택했다. 지휘 체계는 사령관, 부사령관, 참모장, 참모에서 사병으로 이어졌다. 홍범도는 '대한독립군 유고문(諭告文)'에서 "당당한 독립군으로 몸을 포연탄우(砲煙彈雨) 중에 던져 반만년 역사를 광명되게 하며, 국토를 회복하여 자손만대에 행복을 여(與)함이 우리 독립군의 목적이요 또한 우리 민족을 위한 본의"라고 천명하였다.

이제 홍범도는 의병장에서 대한독립군 사령관이 되었다. 그가 대한독립군을 창건하였다는 소식이 전해지자 무장 독립운동단체들도 빠르게 전열을 정비해 나갔다.

봉오동전투와 청산리대첩 1919~1920

〈독립전쟁을 이끌다 – 봉오동 전투, 청산리 대첩〉

누구도 부정할 수 없는 독립전쟁, 하루라도 빨리 나라를 되찾고 싶었던 이들은 대규모 국내 진입작전을 준비하였다. 이를 위해 흩어져 있던 독립군단의 연합전선이 구축되었다. 1920년 3월 하마탕 상촌에서 독립군 단체 대표자 회의가 개최되었으나 군단들의 통일은 쉬이 이뤄지지 않았다. 이후 5월, 홍범도 장군의 대한독립군, 최진동이 지휘하는 대한군무도독부, 안무가 이끄는 국민회군이 순차적으로 연합하여 대한북로독군부(大韓北露督軍府)를 결성하였다. 부장에는 최진동, 부관에는 안무, 북로정일제1군사령부 부장에는 홍범도로 재편성하여 홍범도 장군이 전군을 지휘하게 되었다. 전열을 정비한 독립군 연합부대는 수시로 국내 진공작전을 수행하였다. 조선총독부 보고서에 의하면 1920년 상반기 독립군 연합부대는 32차례나 국내에 진공해 왔다고 했다.

[독립전쟁의 첫 승리, 봉오동 전투]

봉오동 전투의 시작은 그리 크지 않았다. 6월 4일 삼둔자 마을에 은거해 있던 독립군에 의해 초소를 급습당한 일본군은 독립군을 추격하였으나 오히려 전멸당했다. 약이 오른 일본군은 어떻게든 독립군을 공격하여 복수하고자 두만강을 수비하던 부대로 월강추격대대(越江追擊大隊)를 편성하여 공격해 왔다. 그것이 6월 7일이었다.

이미 일본군의 이러한 동태를 예상했던 독립연합군은 봉오동 주민을 피신시키고 험준한 사방 고지에 독립군 각 중대를 매복, 배치시켰다. 이제 일본군의 일망타진은 시간 문제였다. 강력한 화력으로 무장한 일본군은 거침없이 진군했다. 독립연합군의 포위망 안으로 일본군이 들어서자 홍범도 장군은 일제 사격의 신호탄을 발사하였다. 갑작스런 공격에 혼비백산한 일본군은 사방을 둘러보았지만 독립연합군은 어디에도 보이지 않았다. 보인다 하여도 몇몇의 꼬리만 보일 뿐이었다. 날아오는 총알에 일본군은 낙엽처럼 쓰러졌다. 3시간의 총격전을 치른 후 일본군은 후퇴하였다. 200여명의 사상자를 낸 쓰디쓴 고배를 그들은 마셔야했다.

봉오동 전투는 홍범도 장군의 지휘 아래 독립군 연합부대가 일본군 1개 대대를 섬멸시킨 전투로 독립전쟁의 첫 승리였고, 홍범도의 대한독립군, 안무의 국민회의, 최진동의 군무도독부의 삼단연합이 주축이 되어 이뤄낸 쾌거였다. 또한 독립군단 뿐만 아니라 독립운동 전선에 있는 모든 독립운동가들에게 희망의 징표가 되었다.

봉오동 전투는 홍범도 장군에 대한 인식과 평가를 새롭게 하는 계기이기도 했다. 마

을 사람들은 봉오동 전투의 승리를 축하하는 잔치를 열었는데 이 자리에서 홍범도 장군은 부하들에게 최후까지 독립을 위해 힘을 다하고, 죽은 후에야 그쳐야 한다고 했다고 말했다. 그 일을 이뤄내기 위해 반드시 비밀에 대한 약속을 지키고, 약한 자를 항시 도와주라는 당부도 잊지 않았다. 이를 본 마을 주민들은 그에게서 진실된 인간애와 무인의 풍모를 느낄 수 있었다고 했다. 거침없이 호랑이를 잡고, 적의 가슴에 총알을 쏘아댔지만 생명이 있는 모든 것을 향한 그의 마음은 언제나 따뜻했음을 사람들은 기억하고 있었다.

[항일독립투쟁의 금자탑, 청산리 대첩]

독립군의 전력이 생각한 것보다 강함을 알게 된 일본은 탄압의 수위를 높이기 시작했다. 봉오동 전투가 끝난 후 북간도 지역 독립군단 대표들이 모여 연합회의를 개최하였으나 향후 투쟁 방안에 대한 의견 통일을 이루지 못하며 군단별로 각자의 길을 가게 되었다. 8월 하순경 홍범도 장군은 새로운 항전기지로 이동하기 위해 무산 방면으로 길을 떠났다. 그들이 도착한 곳은 화룡현 이도구 어랑촌 일대였다.

이곳에 집결한 독립군단들은 홍범도 장군이 이끄는 대한독립군을 비롯하여 대한국민군, 대한의군부, 대한신민단, 대한광복군 등으로 이어졌고 병력은 모두 1,200여명에 이르렀다. 10월 13일 이도구 복합마당에선 연합부대 편성을 위한 대표자 회의가 열렸다. 김좌진 장군의 북로군정서군(北路軍政署軍) 등 이곳에 모인 독립군단 대표들은 홍범도 장군의 지휘하에 군사를 통일하고 전쟁을 수행하기로 결의하였다.

일본군의 공격을 예상하고 독립군단이 전열을 정비하고 있을 때, 일본군은 '간도지방 불령선인 초토계획'을 8월에 확정하고, 10월 훈춘사건으로 일본군의 만주 진군 빌미를 만들어냈다. 이후 국경을 넘기 시작한 일본군은 10월 20일을 기하여 독립군을 섬멸하고 독립군 근거지를 모두 파괴시킨다는 목표아래 2만여명의 군인을 이끌고 간도로 공격해 왔다.

10월 21일 일본군의 도발로 시작된 청산리 대첩은 26일까지 청산리 일대에서 10여 차례에 걸쳐 전투로 이어졌다. 그 시작은 백운평(白雲坪) 전투였다. 김좌진 장군의 북로군정서군은 지형지물을 이용한 매복전으로 일본군 전위부대를 전멸시켰다. 승전 소식은 독립군의 사기를 높여주기에 충분했다. 이어 같은 날 홍범도 장군의 연합부대는 완루구에서 일본군과 전투를 벌였다. 산악 전투의 맹장인 홍범도 장군은 중앙고지에 진지를 구축하고 주력 대원들은 주변으로 분산 배치하였다. 예상한 대로 일본군은 골짜기를 따라 중앙 고지로 공격해 왔다. 뛰어난 매복 작전 덕분에 독립군은 자신을 드러내지 않으며 적을 섬멸해나갔다. 총격전은 치열했다. 짧은 가을 해가 서산을 넘기 시

작하자 다급해진 일본군은 불을 지르고, 기관총과 야포까지 쏘아댔지만 홍범도 장군의 허를 찌르는 작전 덕분에 일본군은 사방 분간도 하지 못한 채 허방지방 몰려다니기만 했다.

어랑촌 전투는 청산리 대첩 중 가장 큰 전투였다. 일본군 5,000여명을 상대로 김좌진 장군 부대가 접전을 벌였으나 이틀간 이어진 전투로 전세가 기울어가고 있을 때 홍범도 장군의 연합부대가 합세하면서 전세를 역전시켰다. 뛰어난 전세 판단력이 이룬 큰 성과였다.

이외 천수평 전투, 멍개골 전투에서 고동하 전투까지 홍범도 장군의 연합독립군과 김좌진의 북로군정서군이 단독 또는 연합으로 수행한 이 대첩에서 일본군은 1,254명이 전사하고 200여명이 부상당했다. 반면 독립군의 피해는 그리 크지 않았다. 남겨진 기록마다 다소의 차이는 있지만 대략 독립군의 피해는 300여명 정도의 사상자가 있는 것으로 기록되고 있다. 임시정부 군무부의 '대한군정서보고'에는 청산리 대첩의 전과로 독립군의 피해를 '전사자 1명, 부상 5인, 포로 2인'이라 기록하고 있기도 하다.

지형지물을 활용한 전략전술과 유격전, 지역 동포들의 헌신적인 지원으로 항일 무장 독립투쟁사에서 가장 빛나는 성과를 낸 청산리대첩은 홍범도 장군의 대한독립군이 신민단군대, 한민회 군대 등과 연합부대를 이뤄 김좌진의 북로군정서군과 함께 이룬 승리였다.
봉오동 전투와 함께 대외적으로 한민족의 위상을 확인시켜주었고, 독립 쟁취를 향해 굽히지 않는 국민적 자존과 결기를 보여준 전투였다. 이 전투를 이끈 주역 중 한 사람이 바로 홍범도 장군이다.

무장독립투쟁의 전환기 1920~1937

〈러시아로 향한 발걸음, 무장 독립투쟁의 전환기를 맞이하다〉

봉오동과 청산리에서의 대패에 일본은 가만히 있지 않았다. 독립군은 물론이고 민간인까지 무차별 살해하고 한인들의 재산을 파괴했다. 이름하여 '간도 참변'(경신년에 일어난 참변이라 하여 경신 참변이라 부르기도 한다.)이다. 방화와 살인을 일삼는 일본군의 만행은 1920년 10월말부터 시작되어 이듬해인 1921년 봄까지 이어졌다. 5천여 명의 한인들이 잔인하게 학살당한 이 참변은 나라 잃은 백성이 감내해야할 고통으로는 너무나 큰 것이었다. 간도참변은 홍범도를 비롯한 독립군단들이 더 이상 간도

에서 무장투쟁하기 어려워졌음을 의미했고, 결과적으로 국내로 진입하여 독립을 쟁취하겠다는 독립전쟁이 실효성을 잃게 되는 비극적 전환점이 되었다.

멈추지 않는 일본의 잔인무도한 만행도 독립을 향한 발걸음을 멈추게 하진 못했다. 만주 각지의 독립군단들은 새로운 항일전 기지를 건설하기 위해 이동하였다. 매서운 겨울바람이 불어오던 1920년 12월, 밀산에 모인 독립군단들은 연해주를 기반으로 장기적인 독립전쟁 수행을 위해 '대한독립군단'을 결성하였다. 총재는 서일, 부총재엔 홍범도 장군이 선임되었다. 김좌진은 교육대장, 이범석은 학도대 대장이었다. 그리고 이들은 1921년 1월 러시아 이만으로 향했다.

1921년 소련 크렘린궁 앞에 선 홍범도 장군

이만은 러시아와 중국의 국경지역으로 러시아 적군(인민혁명군)과 백군 세력의 완충지대여서 비교적 활동이 자유로운 곳이었다. 이만에는 1920년 블라디보스토크에 침입한 일본군에 의해 한인들이 대거 학살된 후 김표도르 등 의병부대들이 옮겨와 일본군과 싸우고 있었다.
이만에 도착한 독립군단들은 무장 독립투쟁에 대한 러시아의 지원을 믿을 것이냐, 아니면 독자 노선을 걸어갈 것이냐에 대한 생각이 달랐다. 홍범도 장군은 러시아 혁명정부가 자신들을 속일 리 없다고 판단하고 러시아의 지원을 믿기로 했다. 그러나 생각이 달랐던 김좌진 부대 등은 북만주로 돌아갔다. 3월에는 연해주에서 활동하던 한인 빨치산 부대들과 간도사변으로 근거지를 상실한 독립군단들이 자유시로 집결해 왔다.

하지만 무장독립투쟁의 전략과 전술에 대해 이견이 있던 독립군단들은 합의에 이르지 못하고 노선간 이견만 확인하였다. 게다가 러시아 원동공화국의 지원을 받아 독립군을 재정비하고 일본과 싸워 독립을 쟁취하려하였으나 러시아 원동공화국이 한인 독립군단의 무장해제를 우선 요구해 옴에 따라 독립군내에서는 격론이 벌어졌다.

러시아를 선택한 이들은 이르쿠츠크파 고려공산당의 지원을 받는 고려혁명군과 상해파 고려공산당의 지원을 받는 대한의용군으로 나뉘었다. 통합부대 지휘권을 둘러싼 갈등 끝에 6월 28일 대한의용군은 러시아 원동공화국 제2군단 29연대에 의해 무장해제되며 무고한 독립군 대원들이 희생당했다. 포로가 된 독립군이 900여명, 사상자와 행방불명자도 100여명에 이르렀으니 피해는 컸다. (〈재로고려혁명군대 연혁〉에는 사망

36, 포로 864, 행방불명 59명으로, 〈간도지방 한국독립단의 성토문〉에는 사망 272, 익사 31, 행방불명 250, 포로 917명으로 기록되어있음.) 러시아 혁명과 관련된 적군파와 백군파 간의 갈등이 한국 독립운동 단체들에게도 영향을 미친 '자유시 참변'은 한국 무장독립투쟁 사상 최대의 비극이었다.

불의에 항거하며 삶과 죽음의 갈림길을 겁없이 넘나들던 홍범도 장군에겐 이 때가 가장 큰 시련의 시기이기도 했다. 자유시 참변이 있은 후 8월, 부대원 1,745명과 함께 홍범도 장군은 이르쿠츠크로 가는 열차에 올랐다. 조국을 향해 달려도 모자랄 판에 더 먼 곳으로 가야하는 그의 마음은 갈기갈기 찢어졌다. 부대는 해산되고 그는 '소비에트 적군 제5군단 직속 조선여단 제1대대장'이 되었다. 뜻이 달랐던 독립군단들은 그럼에도 불구하고 여전히 무장 독립투쟁을 이어가고 있었지만 이르쿠츠크로 간 홍범도 장군과 부대원들은 무기를 뺏긴 장수의 신세가 되었다.

〈접을 수 없는 독립운동, 소비에트 한인사회 건설에 전념하다〉

시대는 급변했다. 제1차 세계대전이후 미국 워싱턴에서는 아시아·태평양 지역을 중심으로 한 신질서 수립을 위한 '워싱턴회의'가 1921년 11월부터 1922년 2월까지 열렸고, 러시아 모스크바에서는 1922년 1월 극동 피압박민족의 문제를 다룬 '극동민족대회'가 개최되었다. 임시정부를 비롯하여 독립을 열망하는 독립단체들은 각 대회에 대표를 파견하고 한국의 문제를 전세계에 알리려 하였다.

홍범도와 가족(1920~30년대)

홍범도 장군도 극동민족대회에 고려혁명군 대표 자격으로 참석하였다. 이 자리에서 그는 레닌을 만났다. 프로레타리아 혁명을 이끈 영웅인 레닌은 홍범도 장군의 빨치산 투쟁을 높이 평가하며 홍범도 장군의 이름이 새겨져 있는 권총 한 자루와 군모, 군용 외투, 그리고 금화 100루불을 선물로 건넸다. 트로츠키도 함께 했던 그날, 오로지 조국의 독립을 위해 매진해 온 자신과 동료들의 고생을 조금이나마 인정받을 듯하여 그는 한없이 기뻤다. 하지만 그것은 여러 갈래로 갈라진 독립군단들 사이에 시샘과 분란의 또 한 요인이 되었다.

레닌과 트로츠키를 만나고, 독립을 향한 마음을 다시 가다듬어보아도 현실은 녹녹치 않았다. 매서운 겨울이 시작되는 10월, 일본군은 극동지역에서 완전 철수하였지만 혹시나 일본군이 다시 침범해 올까봐 러시아는 한인 무장 병력을 강력히 통제하기 시작했다. 또한 자유시 참변을 전후하여 섭섭한 마음을 풀어내지 못한 대한의용군들을 비롯한 몇몇 동포들은 수시로 홍범도 장군을 공격해 왔고, 밀정들에 의해 일거수 일투족은 감시당했다.

아내와 큰 아들 양순을 잃었을 때도 그는 울지 않았다. 독립투쟁의 뜻을 품고 작은 아들 용환과 국경을 넘을 때도 두려울 것이 없었다. 그러나 더 이상 그의 곁에 아무도 없었다. 용환은 전투 중에 사망했다는 이야기도 있고, 연변 한인마을에서 병사하였다는 이야기도 있고, 경신참변 때 일본군에 의해 죽었다는 이야기도 있는데, 어찌되었건 쉰을 훌쩍 넘긴 홍범도 장군은 혈혈단신 외로운 이방인이었다.

그래도 그는 포기하지 않았다. 우선 독립군 부대원 50여명과 농업조합을 만들고 소련 정부로 부터 개간허가를 받아냈다. 땅은 척박했지만 하늘도 이들의 정성을 알았는지 해가 바뀔 때 마다 땅은 조금씩 비옥해져갔다. 양봉도 해보았다. 독립투쟁을 위한 자립적인 물적 토대를 갖추는 일은 중요했다. 하루도 게을리 하지 않고 농업조합 일에 매진했다. 그러나 땅이 좋아지면 여지없이 러시아인들이 넘보았다. 억울했지만 대부분이 무국적자였던 한인들에게 별다른 대책이 없었다. 이에 홍범도 장군을 비롯한 한인들은 러시아 정부에 국적과 토지문제를 해결해 달라 청원하였고, 1924년 한인들의 국적문제는 순차적으로 해결되었다.

연해주 유일의 집단농장이었던 농업조합이 어느 정도 안정 되자 홍범도 장군은 청년들을 모아 군사 훈련을 시작하였다. 접을 수 없는 꿈, 빼앗긴 조국을 되찾으려는 그의 열정은 식을 줄 몰랐지만 아내도 아들도 없는 집은 적막강산 같았고, 오랜 무장투쟁 속에서 제대로 챙기지 못한 건강은 이상 신호를 보이기 시작했다. 그러던 차에 이인복이라는 여인을 만나게 되었다. 빨치산이었던 남편은 전사했고, 외동딸마저 사망하여 어린 외손녀와 살고 있는 그녀는 홍범도를 따뜻한 마음으로 보듬어 주었다. 첫 아내를 잃은 지 18년 만에 온기있는 집에서 식구들과 따뜻한 밥을 먹고 잠들 수 있었던 때였다.(홍범도 장군의 재혼시기를 연금 수령 즈음이라 하는 자료도 있는데, 이 경우 재혼은 1929년으로 추정된다) 그리고 1927년 10월 그는 소련 공산당에 입당하였다.

소련공산당에 입당한 것은 효과적인 독립투쟁을 위해 집단 농장을 안정적으로 운영하기 위해서였다. 하지만 공산당에 입당하여 합법적 신분을 갖추었음에도 불구하고 러시아인들의 횡포는 멈추지 않았다. 나라 잃은 국민에게 머무를 곳은 세상 어디에도 없는 듯했다.

1929년 환갑이 된 그는 군에서 정년퇴직하고 한인부대 명예군인으로 추대되었다. 세

월은 덧없이 흘러가고, 조국에서 들려오는 소식은 어둡기만 했다. 이제 '날으는 홍범도 장군'은 학교나 한인 단체 등에 초대되어 강연을 하며 동포들의 단합과 분발을 촉구하는 할아버지가 되어갔다. 하지만 강단에 설 때는 항상 군복을 입고 레닌이 준 권총을 허리춤에 차고 있을 만큼 그는 전형적인 군인이었다. 광야를 누비며 일본군과 싸워야 하는 그에게 어제가 오늘 같고 내일이 또 오늘 같은 이 시기는 좌절의 나날이었다.

강제이주와 쓸쓸한 말년 1937~1943

〈중앙아시아로의 강제이주, 꿈은 멀어지다〉

날이 갈수록 한인에 대한 러시아 정부의 적대정책이 강화되던 와중에 1931년 9월 만주사변이 발발하였다. 1933년엔 일본이 만주국을 수립하자 러시아는 긴장하지 않을 수 없었다. 일본의 멈출 줄 모르는 제국주의 야욕을 두려워한 스탈린은 어떻게든 만주사변에 얽히고 싶지 않았다. 하여 연해주지역에 살고 있는 한인들은 중앙아시아로 이주 시킬 계획을 세웠다.

1937년 9월. 스탈린은 근대 세계사에서 찾아볼 수 없는 '민족 강제 집단 이주'를 단행하였다. 연해주에 살고 있는 한인들은 길어야 1주일, 짧으면 2~3일 전에 이주 통보를 받았다. 아무리 별 것 없는 생활이라도 삶의 터전을 정리하는 데는 턱없이 부족한 시간이었다. 심지어 이들은 이주 통보와 함께 여행에 필요한 증명서를 압수당하고 마을간 왕래 또한 할 수 없게 되었다. 36,442가구, 171,781명의 한인은 124대의 수송열차에 타고 중앙아시아로 향했다. 화물차와 가축 운반차까지 동원된 대이동, 8,000여km를 달려가 도착한 곳은 반사막지대인 중앙아시아, 지금의 카자흐스탄이었다.

난방도 되지 않는 열차, 추위와 굶주림에서 벗어날 수 없었다. 용변 시설조차 제대로 갖춰지지 않은 그 곳은 분뇨냄새 진동하는 생지옥이었다. 아파도 약이 없으니 이동 중에 사망하는 사람이 속출하였다. 그렇게 한인들은 제정러시아 시대부터 유럽인의 유배지로 유명한 척박한 땅에 버려졌다. 홍범도 장군은 이주 지역 중 가장 먼 곳에 있는 얀 크루간 지방 사나리크였다. 그리고 1938년 4월초 그는 크질오르다로 이사하였다.

그곳에는 블라디보스토크에 있던 조선사범대학을 비롯하여 한글신문인 〈선봉〉, 〈레닌 기치〉등이 있었고 조선극장도 세워졌다. 대부분의 사람들은 허허벌판에 움막집을 짓고, 먼지 펄펄 날리는 건조한 땅에 목화와 귀리와 수수를 심어 거두며 살아갔다. 메마른 땅은 한인들의 손에 의해 옥토가 되어갔지만 조국으로 돌아갈 수 없는 마음은 점점 메말라갔다.

〈쓸쓸했던 말년, 평온히 잠들다〉

갓난 아이도 홍범도 장군을 안다고 할 만큼 독립전쟁의 영웅이었던 그였지만, 강제 이주된 땅에서 러시아 정부가 주는 연금으로 텃밭이나 가꾸며 살아가는 자신의 모습을 본다는 것은 쓸쓸한 일이었다. 청산리 대첩의 승리이후 잠시 숨고르기를 할 뿐이라 생각했는데, 피로 맺었던 동지들과의 약속은 깨어지고 당장이라도 한반도에서 일본을 몰아내고 빼앗긴 국권을 되찾을 수 있을 것이라는 희망도 점점 희미해져갔다.

독립된 나라의 국민으로도, 독립전쟁을 수행하는 군인으로도 살아가지 못하는 그는 1941년 일본의 동맹국인 독일이 소련을 침공하자 자신도 정규군으로 입대할 수 있게 해달라고 러시아 정부에 요청하였다. 하지만 그의 나이 일흔 셋, 정규군으로 활동하기에는 너무 늦은 때였다. 답답한 그는 군인들에게 자신의 사격솜씨를 보여주었다. 그의 사격실력은 조금도 녹슬지 않았다. 백발백중이었다. 역시 조선 최고의 스나이퍼다웠지만 현역징집은 거부되었다. 그는 글로도 애국적 열정을 표출하였다. 1941년 11월 17일자 〈레닌 기치〉에 '원수를 갚다'라는 홍범도 장군의 기고문이 실려있다. 자신의 투쟁사를 소개하며 러시아 젊은이들에게 조국을 위해 전선에 나설 것을 촉구했다.

크질오르다에 살고 있던 한인들 중에는 항일 독립투쟁을 기록하고 널리 알려 조국 독립을 위한 한인들의 의지를 높이고, 중앙 아시아로 강제 이주 당한 한인들의 한을 풀고자 했던 사람들이 있었다. 그 중 조선극장 총연출가 태장춘이 있었다. 그는 홍범도 장군을 조선극장 경비 책임자로 일할 수 있게 자리를 마련하는 한편 그의 삶과 항일 투쟁의 역사를 기록으로 남겨 달라 부탁하였다. 그리하여 만들어진 것이 〈홍범도 일지〉다. 이를 바탕으로 연극 〈홍범도〉가 1942년에 공연되었다. 겸손했던 그답게 자신의 이야기를 다룬 연극을 본 홍범도 장군은 항일 독립투쟁 와중에 이름도 남기지 못하고 사라져간 수많은 동지들을 생각하며 자신에게 집중되는 시선에 쑥스러워했다.

1942년 4월 조선극장이 우스토베로 이전하게 되자 그는 극장사람들과의 이별을 유난히 아쉬워했다. 평양에서 태어나 이역만리 크질오르다까지 오는 동안 수많은 만남과 이별이 있었겠지만 조선극장 사람들과의 이별은 유난히 허전했다. 어쩌면 자신의 생이 얼마 남지 않았음을 그는 직감했는지도 모르겠다. 마지막까지 소임을 다하던 그는 극장 이전 전날 극장에 침입한 강도들과 맞서 싸우다 부상을 당했다. 그리고 조선극장이 떠나자 엎친 데 덮친 격이었는지 시름시름 앓기 시작했다.

시간은 홍범도 장군 편이 아니었다. 1943년 10월 25일, 일본의 패망이 채 2년도 남지 않았는데 일흔 다섯의 홍범도 장군은 크즐오르다 스테프나야거리 2번지에서 조용히 눈을 감았다. 처음부터 끝까지 항일 무장투쟁을 통한 조국해방만을 위해 달려온 그의 삶은 그렇게 쓸쓸히 막을 내렸다.

평생을 긴장과 걱정, 궁핍과 위험으로 부터 자유롭지 않았던 그의 일생은 자유를 억압하는 모든 것으로 부터의 해방을 꿈꾼 긴 여정이었다. 어떠한 사상과 노선에도 얽매이지 않았고, 전쟁을 이끈 대장이었음에도 대원들 위에 군림하지 않았다. 오로지 자신의 판단에 의해 사람을 평가했고, 말을 옮기지 않았으며, 비밀에 대한 약속을 지켰고, 약한 사람들을 항상 도와주었다.

〈그를 기억하고 이어가다〉

조국은 독립이 되었고, 세계 속의 한국으로 눈부신 발전을 거듭해나갔지만 홍범도 장군은 독립된 조국으로 쉬이 돌아올 수 없었다. 남과 북으로 나뉘어 서로가 서로를 적으로 규정할 수 밖에 없는 분단의 역사 속에서 공산주의자가 아니었음에도 불구하고 소련 공산당원이었던 독립운동가를 남한은 기억하려 하지 않았다. 1962년 대한민국은 그에게 건국훈장 대통령장을 추서하였지만 이후 40년이 넘도록 그는 먼 기억 속에 있었다.

그를 잊지 않은 카자흐스탄 고려인 후손들은 1951년 '홍범도장군 분묘수리위원회'를 구성하여 홍범도 장군의 묘를 이장하였다. 사망당시가 제2차 세계대전 중이라 집 근처에 임시로 묘를 조성하였는데, 이를 중앙공동묘지로 옮기고 기념비를 세우고 건립식도 가졌다. 또한 항일혁명 투사였던 이인섭은 홍범도 장군과 관련된 자료를 모아 〈조선 인민의 전설적 영웅 홍범도를 추억하면서〉 를 남겼다. 또한 모스크바에 거주하는 고려인 작가 김세일은 〈역사기록소설 홍범도〉를 1965년 〈레닌기치〉에 연재하기도 했다. 1968년에는 홍범도 장군 탄생 100주년을 기념하여 〈레닌 기치〉가 특집호를 발행하였고, 이후 그의 탄생 120주년, 서거 50주년 등 기념일마다 지속적으로 그와 관련된 행사를 이어갔다.

그렇게 홍범도 장군에 대한 기억들은 남은 사람들에 의해 모아지고 기록되어 독립을 향한 그의 뜻을 이어가고 있었다.

그리고, 한국 정부의 오랜 노력 끝에 서거 후 78년인 2021년 8월 15일, 마침내 장군의 유해는 한국으로 봉환될 수 있었고, 고국의 품에서 편안히 영면하시게 되었다.

서울 공항에서 문재인대통령 내외와 김영관 애국지사가 홍범도 장군을 직접 맞이함

홍범도 장군 연표

탄생과 청년기 1868~1895

1868년 8월 27일
- 평양출생 부친 홍윤식 본관 남양
- 모친은 출생 7일 만에 사망

1876년(8세)
- 부친 사망 이후 머슴살이로 생계유지 1883(15세)~1887(19세)
- 병정모집에 자원하여 나팔수로 병정생활

1887년(19세)~1890년(22세)
- 군대의 부당함에 항거한 후 탈영하여 황해도 수안에서 종이 만드는 노동자로 일함
- 임금체불과 폭력 등이 일상이던 종이 공장, 주인 삼형제를 때려눕힌 후 도피

1890년(22세)~1892년(24세)
- 금강산 신계사에서 지담스님의 상좌로 삭발승이 됨. 이곳에서 애국정신과 항일의식을 키움

1892년(24세)
- 여승당에 머물고 있던 '단양 이씨'를 만나 사랑에 빠진 후 함께 금강산을 떠남.
- 만삭이었던 단양 이씨와 함경도로 향하던 도중 건달패를 만나 헤어짐

1893년(25세)~1895년(27세)
- 먹폐강골에서 사격연습을 하며 은둔생활을 하다 일본인들이 저지른 명성황후 시해사건(10월 8일)에 분노하여 1895년 10월 11일 은둔생활을 청산하고 산간을 떠남.

의병투쟁 1895~1908

1895(27세)~1897(29세)
- 명성황후 시해사건 보름 후 10월 24일경 단발령고개에서 황해도 서흥 출신의 김수협과 의기투합하여 의병대 조직 결의(제1차 거의)
- 세 차례의 전투를 치렀으나 훈련부족 등으로 대패하여 의병진이 흩어지고 결의동지 김수협이 마지막 전투에서 전사함

1898년(30세)~1900(32세)
- 평남 양덕, 성천, 영원의 산간지방에서 단독으로 의병활동 전개

1900(32세)~1904년(36세)

- 의병운동이 쇠퇴하면서 의병들이 은둔하던 상황에서 북청군 안산에 정착하여 농사지으며 포수생활
- 러일전쟁 발발 후인 1904년 중반 무렵 일본인들에게 잡혀 감옥에 갇혔다가 6개월 만에 탈옥하여 1904년 말에 재차 항일의병봉기에 나섬(제2차 거의)

1907년(39세)
- 9월 친일적 한국정부 총포 및 화약류 단속법 반포로 사냥꾼들의 총기를 강압적으로 압수하기 시작함
- 10월 14일 봉기를 결심하고 북청치양동의 일진회 사무소 습격, 다음날 후치령 허리원에서 일본군 3명을 처단하고 총 자루와 총탄 300개 확보, 서짝골 포수막에서 14명의 포수를 만나 결의(제3차 거의)

무장독립투쟁 1908~1919

1908년(40세)
- 300여명의 의병부대를 이끌고 갑산읍 점령, 이후 '날으는 홍범도'라는 별명이 붙음
- 일본군의 귀순공작으로 차도선 부대 등 귀순의병이 속출함
- 일진회 간부들이 부인 단양 이씨와 아들 양순을 구금하고 회유책을 구사하고 거짓 편지 공작으로 홍범도를 유인하려다 실패
- 부인에게 발가락사이에 심지를 끼우고 불을 붙이는 고문 등의 악행과 자백을 강요 단양 이씨는 이에 굴하지 않고 혀를 끊어 벙어리가 되었고 그 후유증으로 사망함
- 아들 홍양순은 유인 편지를 갖고 홍범도 진영에 찾아왔으나 부친의 질타를 받고 부대에 합류, 바매기 전투에 참전하여 전사
- 6월부터 7월 말에 걸체 일본군의 대공세로 의병부대들 대부분이 해산
- 10월 초 일본군과 접전, 밤에 압록강을 건너 중국으로 망명

1909년(41세)
- 의병과 함께 러시아 연해주로 건너감
- 동포들을 대상으로 군자금 모집활동에 종사

1910년(42세)
- 일본의 강제병합을 저지하기 위해 창설한 13도의군의 참모부 의원으로 선출됨
- 일본의 강제적 한국병합 직후인 9월 일본과의 외교적 마찰을 우려한 러시아 당국의 체포령을 피해 수청지방으로 도피하여 잠복함

1911년(43세)
- 항일운동단체 권업회 부회장으로 선임

홍범도 연표

-블라디보스토크에서 청년회 조직, 배일사상을 고취하는 한편 국내에 회원을 파견하여 국내 상황을 정찰
-부두의 노동판에서 짐꾼으로 일하는 한편 한인노동자들로 조직된 노동회를 결성 회장으로서 회원들의 임금을 모아 후일의 거사자금을 비축함

1912년(44세)
-결의 동맹 '21형제' 에 참여, 블라디보스토크 노인회 회원.
-북간도 삼마동 부근에서 한인 100여명의 군사훈련을 지휘함

1913년(45세)
-아무르강 어장에서 1년간 노동하여 번 금(金)을 자본으로 신문잡지(대한인정교보)를 발행하고자 운동함.

1914년(46세)
-제1차 세계대전 발발로 일본과 동맹국이 된 러시아 당국의 감시를 받게 됨
-제1차 세계대전의 발발이라는 국제적 상황에 대응하여 향후의 무장투쟁을 준비함
-당어재골에 은닉하고 후일을 기약함

1915년(47세)
-9월 5일 의병들을 이끌고 북만주의 '밀산' 지역으로 들어감

1915년(47세)~1918년(50세)
- '남백포우자' 와 '한흥동' 에 고등소학교, '십리와' 와 '쾌상별이' 에 소학교를 설립하고 한흥동학교 교장, 교감, '십리와' 와 '쾌상별이' 소학교의 후원회장으로 활약함
-밀산을 방문한 이동휘와 회담

봉오동전투와 청산리대첩 1919~1920

1919년(51세)
-대한독립군 창설 총사령관으로 취임
-국내외의 3.1운동에 호응하여 '밀산' 지역의 한인들도 만세운동을 전개함, 무장투쟁에 나서기로 하고 밀산을 떠나 의병을 모집, 항일 무장 투쟁을 준비
-이동휘 등 한인사회당 세력이 조직한 '군정부(독립군부)' 에서 '독립군총사령관' 으로 임명하고 북간도로 진출하여 독립군을 지휘하라는 통지서를 보냄
-12월 노령주둔 '대한독립군(의용)대장' 의 명으로 박경철, 이병채와 함께 「유고문」 반포, 항일무장투쟁독립론과 상해임시정부의 대일선전포고에 호응하여 독립전쟁을 개시할 것임을 선언.

1920년(52세)
〈봉오동대첩〉
-대한독립군, 최진동의 대한군무도독부, 대한국민회 군무위원회 간의 '삼단연합' 성립-6월 4일 북로독군부의 1개소대가 두만강 대한 국내 일본군 초소격파
-6월 6일 삼둔자에서 북로독군부 최진동부대가 일본군 월강 추격대 섬멸
-6월 7일 홍범도, 최진동, 안무가 지휘하는 북로독군부와 신민단 부대가 연합하여 봉오동에서 일본군 1개 대대를 대패시켜 '독립전쟁 제1차 대승리' 를 거둠
-8월 7일 삼단연합 붕괴 결과로 북로독군부 군대는 홍범도의 대한독립군, 최진동의 군무도독부, 안무의 국민회 대한국민군으로 분열됨

〈청산리대첩〉
-10월 21일~26일 홍범도의 대한독립군의 신민단군대, 한민회군대 등과 연합부대를 이루어 김좌진장군의 북로군정서와 함께 청산리 대첩을 이끌어내어 대승을 거둠
-11월 중순 대한독립군, 서로군정서 교성대, 광복단 군대와 연합하여 '대한의용군' 을 조직하고 총사령에 선임됨

무장독립투쟁의 전환기 1920~1937

1921년(53세)
-1월 초 밀산과 호림의 경계지대인 십리와에서 북로군정서군대와 통합을 위한 1차 회의 개최
-연합에 합의 하고 제2차 삼단연합 달성
-2월 중순경 연해주의 이만으로 이동
-3월 5일 원동공화국 인민혁명군 제2군단에 교섭하여 독립군의 제2군단에 무기를 넘기고 자유시(스바보드니)로 이동

〈자유시참변〉
-6월 28일 자유시에서 벌어진 대한독립군 무장해제 및 통합 부대 지휘권을 둘러싼 한국 무장독립투쟁 사상 최대의 비극

1922년(54세)
-모스크바 코민테른 주최의 극동제민족대회에 한인대표로 참석, 레닌을 만나고 권총과 금화를 받음

1923년(55세)
-사할린의용대 출신의 김창수와 김오남에게 피습당하여 이가 부러지는 부상을 입었으나 레닌으로 받은 싸총으로 두사람을 사살, 감옥에 감금되었다가 석방됨

1924년(56세)~1926년(58세)
-이만 '싸인발'의 한인농촌에서 3년간 농사에 종사

1927년(59세)
-소련공산당에 입당

1928년(60세)~1933년(65세)
-원동 각지의 도시와 농촌의 고려인구락부, 군부대, 피오네르(소년단)에 초청되어
애국주의와 국제주의적 정신교양을 고취함

1929년(61세)
-러시아에서 이인복여사와 재혼

1934년(66세)~1937년(69세)
- '레닌의 길 꼴호즈'의 수직원(수위)로 일함

강제이주와 쓸쓸한 말년 1937~1943

1937년(69세)
-스탈린 강제 이주정책으로 중앙아시아 카자흐스탄 사나리크로 강제 이주당함.

1938년(70세)
-5월 경 고려극장 극작가 태장춘이 홍범도를 주인공으로 한 희곡작품 집필을 위하
여 집으로 초대하여 담화함
-크즐오르다 고려극장의 수위로 근무
- 7월 말 이후 자서전 「홍범도 일지」를 작성한 것으로 추정

1941년(73세)
-〈레닌의 긔치〉 신문 1941년 11월 7일자에 「원쑤를 갚다」라는 제목의 글을 기
고하여 청년들에게
'조국 소련'을 위해 전선에 나설 것을 촉구함.

1943년(75세)
-카자흐스탄 크즐오르다에서 서거

서거 이후 1962~2023

1962년
-대한민국건국훈장 대통령장 추서

2018년
-육군사관학교에서 독립전쟁 영웅으로 교정에 흉상 건립 및 명예졸업장 수여

2021년
-3월, 부인 단양 이씨, 1남 홍양순, 독립운동 공적을 인정받아 건국훈장 애국장에 서훈
-8월 15일, 유해 고국으로 봉환
-8월 18일, 국립대전현충원에 안장

2022년
- 8월, 무(無) 호적 독립유공자에게 가족관계등록부 창설

길 위에서

우리는 누구나 길 위에 서 있고 각자의 길이 있습니다. 그 엄동설한에
도 뜨겁던 갑진년 겨울을 이겨내고 다시 을사년의 길목에 우리는 다
시 서 있습니다.

어둠의 끝엔 새벽이 기다리고 있다지만, 미래를 알 수 없는 수묵의 세
계처럼 아직은 이 세상은 어둠과 혼돈의 바다입니다. 그러나 어둠 속
에도 길은 있습니다. 묵빛 속의 현묘함과 깊이처럼 이 어둠의 세상에
도 길이 존재합니다.

홍범도는 늘 어둠의 길 위에 서 있었지만, 우리에겐 홍범도가 길이고
이정표며 빛이었습니다.

어둠이 짙을수록 새벽은 가까워지고 더욱 찬란할 것입니다. 모든 색을
삼켜버린 묵빛이 밤이면 더욱 현묘한 빛을 뿜어냅니다.

길이 끝나는 곳에 새로운 길이 시작되고, 이 밤도 나는 길 위에 서 있
지만 수묵의 현묘한 빛과 이정표가 우리를 새벽으로 인도할 것입니다.

2024년 겨울의 길목에서…

松 南　　유 준

水墨畵로 읽는 홍범도 일대기

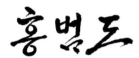

초판 1쇄 발행   2025년 1월 18일

지은이.   유준
그린이.   유준
펴낸이.   박제영
발행처.   (주)달아실출판사

편집기획.   강석동, 한은정

주 소.   강원도 춘천시 춘천로 257, 2층
전 화.   033-241-7661
팩 스.   033-241-7662
이메일.   dalasilmoongo@naver.com
출판등록.   2016년 12월 30일   제494호